紅樓夢第三十四回

情中情因情感妹妹　錯裏錯以錯勸哥哥

話說襲人見賈母王夫人等去後便走來寶玉身邊坐下含淚問他怎麽就打到這步田地寶玉歎氣說道不過爲那些事問他做什麽只是下半截疼的狠你瞧瞧打壞了那裡襲人聽說便輕輕的伸手進去將中衣脫下略動一動寶玉便咬着牙叫噯喲襲人連忙停住手如此三四次纔褪下來了襲人看時只見腿上半段青紫都有四指闊的僵痕高起來襲人咬着牙說道我的娘怎麽下這般的狠手你但凡聽我一句話也不到這個分兒幸兒没動筋骨倘或打出個殘疾來可叫人怎麽樣呢

正說着只聽丫鬟們說寶姑娘來了襲人聽見知道穿不及中衣便拿了一床夾紗被替寶玉蓋了只見寶釵手裡托著一丸藥走進來向襲人說道晚上把這藥用酒研開替他敷上把那淤血的熱毒散開就好了說畢遞與襲人又問道這會子可好些寶玉一面道謝說好些了又讓坐寶釵見他睜開眼說話不像先時心中也寬慰了些便點頭歎道早聽人一句話也不至有今日別說老太太太太心疼就是我們看着心裡也剛說了半句又忙咽住不覺眼圈微紅雙腮帶赤低頭不語了寶玉聽得這話如此親切大有深意忽見他又咽住不往下說紅了臉低下頭含着淚只管弄衣帶那一種軟怯嬌羞輕憐痛惜之情竟

難以言語形容越覺心中感動將疼痛早已丟在九霄雲外去了想道我不過挨了幾下打他們一個個就有這些憐惜之態令人可親可敬假若我一時竟別有大故他們還不知何等悲感呢既是他們這樣我便一時死了得他們如此一生事業縱然盡付東流也無足歎惜了正想著只聽寶釵問襲人道怎麼好好的動了氣就打起來了襲人便把焙茗的話悄悄說了寶玉原來還不知賈環的話見襲人說出方纔知道因又拉上薛蟠惟恐寶釵沉心忙又止住襲人道薛大哥從來不是這樣你們別混猜度寶釵聽說便知寶玉是怕他多心用話攔襲人因心中暗暗想道打得這個形像疼還顧不過來還這樣細心怕

得罪了人你既這樣用心何不在外頭大事上做工夫老爺也歡喜了也不能吃這樣虧你雖然怕我沉心所以攔襲人的話難道我就不知我哥哥素日恣心縱欲毫無防範的那種心性嗎當日為個秦鐘還鬧的天翻地覆自然如今比先又加利害了想畢因笑道你們也不必怨這個怨那個據我想到底寶兄弟素日肯和那些人來往老爺纔生氣就是我哥哥說話不防頭一時說出寶兄弟來也不是有心挑唆一則也是本來的實話二則他原不理論這些防嫌小事襲姑娘從小兒只見過寶兄弟這樣細心的人何曾見過我哥哥那天不怕地不怕心裡有什麼口裡說什麼的人呢襲人因說出薛蟠來見寶玉攔他

的話早已明白自已說造次了恐寶釵沒意思聽寶釵如此說更覺羞愧無言寶玉又聽寶釵這一番話半是堂皇正大半是體貼自已的私心更覺比先心動神移方欲說話時只見寶釵起身道明日再來看你好生養着罷方纔我拿了藥來交給襲人晚上敷上管就好了說着便走出門去襲人赶着送出院外說姑娘倒費心了改日寶二爺好了親自來謝寶釵回頭笑道這有什麽的只勸他好生養著別胡思亂想就好了要想什麽吃的頑的悄悄的往我那裡只管取去不必驚動老太太太太眾人倘或吹到老爺耳朵裡雖然彼時不怎麽樣將來對景終是要吃虧的說着去了襲人抽身回來心內著實感激寶釵

來見寶玉沉思默默似睡非睡的模樣因而退出房外櫛沐寶玉默默的躺在床上無奈臀上作痛如針挑刀挖一般更熱如火炙略展轉時禁不住噯喲之聲那時天色將晚因見襲人去了却有兩三個丫鬟伺候此時並無呼喚之事因說道你們且去梳洗等我叫時再來眾人聽了也都退出這裡寶玉昏昏沉沉只見蔣玉函走進來了訴說忠順府拿他之事一時又見金釧兒進來哭說為他投井之情寶玉半夢半醒剛要訴說前情忽又覺有人推他恍恍惚惚聽得悲切之聲寶玉從夢中驚醒睜眼一看不是別人却是黛玉猶恐是夢忙又將身子欠起來向臉上細細一認只見他兩個眼睛腫得桃兒一般滿面淚光

不是黛玉却是那個寶玉還欲看時怎奈下半截疼痛難禁支持不住便噯喲一聲仍舊倒下歎了口氣說道你又做什麼來了太陽纔落那地上還是怪熱的倘或又受了暑怎麼好呢我雖然捱了打却也不狠覺疼痛這個樣兒是粧出來哄他們好在外頭佈散給老爺聽其實是假的你別信真了此時黛玉雖不是嚎啕大哭然越是這等無聲之泣氣噎喉堵更覺利害聽了寶玉這些話心中提起萬句言詞要說時却不能說得半句半天方抽抽噎噎的道你可都改了罷寶玉聽說便長歎一聲道你放心別說這樣話我便爲這些人死了也是情願的一句話未了只見院外人說二奶奶來了黛玉便知是鳳姐來了連忙立起身說道我從後院子裡去罷回來再來寶玉一把拉住道這又奇了好好的怎麼怕起他來了黛玉急得跺脚悄悄的說道你瞧瞧我的眼睛又該他們拿偺們取笑兒了寶玉聽說赶忙的放了手黛玉三步兩步轉過床後剛出了後院鳳姐從前頭已進來了問寶玉可好些了想什麼吃叫人往我那裡取去接着薛姨媽又來了一時賈母又打發了人來至掌燈時分寶玉只喝了兩口湯便昏昏沉沉的睡去接着周瑞媳婦吳新登媳婦鄭好時媳婦這幾個有年紀長來往的聽見寶玉捱了打也都進來襲人忙迎出來悄悄的笑道嬸娘們略來遲了一步二爺睡着了說着一面陪他們到那邊屋裡坐着倒茶給他

們吃那幾個媳婦子都悄悄的坐了一回向襲人說等二爺醒了你替我們說罷襲人答應了送他們出去剛要回來只見王夫人使個老婆子來說太太叫一個跟二爺的人呢襲人見說想了一想便回身悄悄的告訴晴雯麝月秋紋等人說太太叫人你們好生在屋裡我去了就來說畢同那老婆子一逕出了園子來至上房王夫人正坐在涼榻上搖著芭蕉扇子見他來了說道你不管叫誰來也罷了又撂下他來了誰伏侍他呢襲人見說連忙陪笑回道二爺纔睡了那四五個丫頭如今也好了會伏侍了太太請放心恐怕太太有什麼話吩咐打發他們來一時聽不明白到躭悞了事王夫人道也沒什麼話白問問他這會子疼的怎麼樣了襲人道寶姑娘送來的藥我給二爺敷上了比先好些了先疼的躺不住這會子都睡沉了可見好些王夫人又問吃了什麼沒有襲人道老太太給的一碗湯喝了兩口只嚷乾渴要吃酸梅湯我想酸梅是個收斂東西剛纔捱打又不許叫喊自然急的熱毒熱血未免存在心裡倘或吃下這個去激在心裡再弄出病來那可怎麼樣呢因此我勸了半天纔沒吃只拿那糖醃的玫瑰滷子和了吃了小半碗嫌吃絮了不香甜王夫人道噯喲你何不早來和我說前日倒有人送了幾瓶子香露來原要給他一點子我怕胡糟塌了就沒給既是他嫌那玫瑰膏子吃絮了把這個拿兩瓶子去一碗水裡

只用挑上一茶匙就香的了不得呢說着就喚彩雲來把前日的那幾瓶香露拿了來襲人道只拿兩瓶來罷多也白糟塌等不彀再來取也是一樣彩雲聽了去了半日果然拿了兩瓶來付與襲人襲人看時只見兩個玻璃小瓶却有三寸大小上面螺絲銀蓋鵝黃箋上寫着木樨清露那一個寫著玫瑰清露襲人笑道好尊貴東西這麽個小瓶兒能有多少王夫人道那是進上的你沒看見鵝黃箋子你好生替他收着別糟塌了襲人答應着方要走時王夫人又叫站着我想起一句話來問你襲人忙又回來王夫人見房內無人便問道我恍惚聽見寶玉今日捱打是環兒在老爺跟前說了什麽話你可聽見這個話有襲人道我倒沒聽見這個話只聽見說爲二爺認得什麽王府的戲子人家來和老爺說了爲這個打的王夫人搖頭說道也爲這個只是還有別的緣故呢襲人道別的緣故實在不知道又低頭遲疑了一會說道今日大膽在太太跟前說句冒撞話論理說了半截却又嚥住王夫人道你只管說襲人道太太別生氣我纔敢說王夫人道你說就是了襲人道論理寶二爺也得老爺教訓教訓纔好呢要老爺再不管不知將來還要做出什麽事來呢王夫人聽見了這話便點頭歎息由不得赶着襲人叫了一聲我的兒你這話說的狠明白和我的心裡想的一樣其實我何曾不知道寶玉該管比如先時你珠大爺在我

是怎麼樣管他難道我如今倒不知管兒子了只是有個緣故如今我想我已經五十歲的人了通共剩了他一個他又長的单弱况且老太太寶貝是的要管緊了他倘或再有個好歹兒或是老太太氣着那時上下不安倒不好所以就縱壞了他了我時常掰着嘴兒說一陣勸一陣哭一陣彼時也好過後來還是不相干到底吃了虧纔罷設若打壞了將來我靠誰呢說着由不得又滴下淚來襲人見王夫人這般悲感自已也不覺傷了心陪着落淚又道二爺是太太養的太太豈不心疼就是我們做下人的伏侍一場大家落個平安也算造化了要這樣起來連平安都不能了那一日那一時我不勸二爺只是再勸不

醒偏偏那些人又肯親近他也怨不得他這樣如今我們勸的倒不好了今日太太提起這話來我還惦記着一件事要來回太太討太太個主意只是我怕太太疑心不但我的話白說了且連葬身之地都没有了王夫人聽了這話內中有因忙問道我的兒你只管說近來我因聽見衆人背前面後都誇你我只說你不過在寶玉身上留心或是諸人跟前和氣這些小意思誰知你方纔和我說的話全是大道理正合我的心事你有什麼只管說什麼只别叫别人知道就是了襲人道我也没什麼别的說我只想着討太太一個示下怎麼變個法兒已後竟還叫二爺搬出園外來住就好了王夫人聽了吃一大驚忙拉了

襲人的手問道寶玉難道和誰作怪了不成襲人連忙回道太太别多心並沒有這話這不過是我的小見識如今二爺也大了裡頭姑娘們也大了況且林姑娘寶姑娘又是兩姨姑表姐妹雖說是姐妹們到底是男女之分日夜一處起坐不方便由不得叫人懸心既蒙老太太和太太的恩典把我派在二爺屋裡如今跟在園中住都是我的干係太太想多有無心中做出有心人看見當做有心事反說壞了的倒不如預先防著點兒況且二爺素日的性格太太是知道的他又偏好在我們隊裡鬧倘或不防前後錯了一點半點不論真假人多嘴雜那起壞人的嘴太太還不知道呢心順了說的比菩薩還好心不順就沒有忌諱了二爺將來倘或有人說好不過大家落個直過兒設若叫人哼出一聲不是來我們不用說粉身碎骨還是平常後來二爺一生的聲名品行豈不完了呢那時老爺太太也白疼了白操了心了不如這會子防避些似乎妥當太太事情又多一時固然想不到我們想不到便罷了既想到了要不回明了太太罪越重了近來我為這件事日夜懸心又恐怕太太聽著生氣所以總沒敢言語王夫人聽了這話正觸了金釧兒之事直呆了半晌思前想後心下越發感愛襲人笑道我的兒你竟有這個心胸想得這樣週全我何曾又不想到這裡只是這幾次有事就混忘了你今日這話提醒了我難為你這樣細心

真真好孩子也罷了你且去罷我自有道理只是還有一句話你如今既說了這樣的話我索性就把他交給你了好歹留點心兒别叫他糟塌了身子纔好自然不辜負你襲人低了一回頭方道太太吩咐敢不盡心嗎說着慢慢的退出回到院中寶玉方醒襲人回明香露之事寶玉甚喜即命調來吃果然香妙非常因心下惦着黛玉要打發人去只是怕襲人攔阻便設法先使襲人往寶釵那裡去借書襲人去了寶玉便命晴雯來吩咐道你到林姑娘那裡看他做什麼呢他要問我只說我好了晴雯道白眉赤眼兒的作什麼去呢到底說句話兒也像件事啊寶玉道沒有什麼可說的麼晴雯道或是送件東西或是取

件東西不然我去了怎麼搭訕呢寶玉想了一想便伸手拿了兩條舊絹子撂與晴雯笑道也罷就說我叫你送這個給他去了晴雯道這又奇了他要這半新不舊的兩條絹子他又要惱了說你打趣他寶玉笑道你放心他自然知道晴雯聽了只得拿了絹子往瀟湘館來只見春纖正在欄杆上晾手巾見他進來忙搖手兒說睡下了晴雯走進來滿屋漆黑並未點燈黛玉已睡在床上問是誰晴雯忙答道晴雯黛玉道做什麼晴雯道二爺叫給姑娘送絹子來了黛玉聽了心中發悶暗想做什麼送絹子來給我因問這絹子是誰送他的必定是好的叫他留着送别人罷我這會子不用這個晴雯笑道不是新的就是家

常舊的黛玉聽了越發悶住了細心揣度一時方大悟過來遂忙說放下去罷晴雯只得放下抽身回去一路盤算不解何意
這黛玉體貼出絹子的意思來不覺神痴心醉想到寶玉能領會我這一番苦意又令我可喜我這番苦意不知將來可能如意不能又令我可悲要不是這個意思忽然好好的送兩塊帕子來竟又令我可笑了再想到私相傳遞又覺可懼他既如此我却每每煩惱傷心反覺可愧如此左思右想一時五內沸然由不得餘意纏綿便命掌燈也想不起嫌疑避諱等事研墨蘸筆便向那兩塊舊帕上寫道

眼空蓄淚淚空垂　暗灑閒拋更向誰
尺幅鮫鮹勞惠贈　為君那得不傷悲

其二

拋珠滾玉只偷潸　鎮日無心鎮日閒
枕上袖邊難拂拭　任他點點與斑斑

其三

綵線難收面上珠　湘江舊跡已模糊
臉前亦有千竿竹　不識香痕漬也無

那黛玉還要往下寫時覺得渾身火熱面上作燒走至鏡臺揭起錦袱一照只見腮上通紅真合壓倒桃花却不知病由此起一時方上床睡去猶拿着絹子思索不在話下却說襲人來見

寶釵誰知寶釵不在園內往他母親那裡去了襲人不便空手回來等至起更寶釵方回原來寶釵素知薛蟠情性心中已有一半疑是薛蟠挑唆了人來告寶玉了誰知又聽襲人說出來越發信了究竟襲人是焙茗說的那焙茗也是私心窺度並未據實大家都是一半猜度竟認作十分真切了可笑那薛蟠因素日有這個名聲其實這一次却不是他幹的竟被人生生的把個罪名坐定這日正從外頭吃了酒回來見過了母親只見寶釵在這裡坐着說了幾句閒話兒忽然想起因問道聽見寶玉挨打是為什麼薛姨媽正為這個不自在見他問時便咬着牙道不知好歹的冤家都是你鬧的你還有臉來問薛蟠見說

便怔了忙問道我鬧什麼薛姨媽道你還粧腔呢人人都知道是你說的薛蟠道人人說我殺了人也就信了罷薛姨媽道連你妹妹都知道是你說難道他也賴你不成寶釵忙勸道媽媽和哥哥且別叫喊消消停停的就有個青紅皂白了又向薛蟠道是你說的也罷不是你說的也罷事情也過去了不必較正把小事倒弄大了我只勸你從此以後少在外頭胡鬧少管別人的事天天一處大家胡逛你是個不妨頭的人過後没事就罷了倘或有事不是你幹的人人都也疑惑說是你幹的不用別人我先就疑惑你薛蟠本是個心直口快的人見不得這樣藏頭露尾的事又是寶釵勸他別再胡逛去他母親又說他犯

舌寶玉之打是他治的早巳急得亂跳賭神發誓的分辯又駡衆人誰這麼編派我我把那囚攮的牙敲了分明是爲打了寶玉沒的獻勤兒拿我來做幌子難道寶玉是天王他父親打他一頓一家子定要閙幾天那一回爲他不好姨父打了他兩下子過後兒老太太不知怎麼知道了說是珍大哥治的好好兒的叫了去駡了一頓今日越發拉上我了既拉上我也不怕索性進去把寶玉打死了我替他償命一面嚷一面找起一根門閂來就跑慌的薛姨媽拉住駡道作死的孽障你打誰去你先打我來薛蟠的眼急的銅鈴一般嚷道何苦來又不叫我去爲什麼好好的賴我將來寶玉活一日我躭一日的口舌不如大

家死了清凈寶釵忙也上前勸道你忍奈些兒罷媽媽急的這個樣兒你不說來勸你倒反閙的這樣別說是媽媽就是旁人來勸你也是爲好倒把你的性子勸上來薛蟠道你這會子又說這話都是你說的寶釵道你只怨我說再不怨你那顧前不顧後的形景薛蟠道你只會怨我顧前不顧後你怎麼不怨寶玉外頭招風惹草的呢別說別的就拿前日琪官兒的事比給你們聽那琪官兒我們見了十來次他並沒和我說一句親熱話怎麼前兒他見了連姓名還不知道就把汗巾子給他難道這也是我說的不成薛姨媽和寶釵急的說道還提這個可不是爲這個打他呢可見是你說的了薛蟠道眞眞的氣死人了

賴我說的我不惱我只氣一個寶玉鬧的這麼天翻地覆的寶釵道誰鬧來着你先持刀動杖的鬧起來倒說別人鬧薛蟠見寶釵說的話句句有理難以駁正比母親的話反難回答因此便要設法拿話堵回他去就無人敢攔自己的話了也因正在氣頭兒上未曾想話之輕重便道好妹妹你不用和我鬧我早知道你的心了從先媽媽和我說你這金鎖要揀有玉的纔可配你留了心見寶玉有那撈什子你自然如今行動護着他話未說了把個寶釵氣怔了拉着薛姨媽哭道媽媽你聽哥哥說的是什麼話薛蟠見妹子哭了便知自己冒撞便賭氣走到自己屋裡安歇不提寶釵滿心委屈氣忿待要怎樣又怕他母親

不安少不得含淚別了母親各自回來到屋裡整哭了一夜次日一早起來也無心梳洗胡亂整理了衣裳便出來瞧母親可巧遇見黛玉獨立在花陰之下問他那裡去寶釵因說家去口裡說着便只管走黛玉見他無精打彩的去了又見眼上好似有哭泣之狀大非往日可比便在後面笑道姐姐也自己保重些兒就是哭出兩缸淚來也醫不好棒瘡不知寶釵如何答對且聽下回分解

紅樓夢第三十四回終

紅樓夢第三十五回

白玉釧親嚐蓮葉羮　黄金鶯巧結梅花絡

話說寳釵分明聽見黛玉尅薄他因惦記着母親哥哥並不回頭一徑去了這裡黛玉仍舊立於花陰之下遠遠的却向怡紅院內望着只見李紈迎春探春惜春並丫鬟人等都向怡紅院內去過之後一起一起的散盡了只不見鳳姐兒來心裡自已盤筭說道他怎麽不來瞧瞧寳玉呢便是有事纒住了他必定也是要來打個花胡哨討老太太太太的好兒纔是呢今兒這早晚不來必有原故一面猜疑一面抬頭再看時只見花花簇簇一羣人又向怡紅院內來了定睛看時却是賈母搭着鳳姐的手後頭邢夫人王夫人跟著周姨娘並丫頭媳婦等人都進院去了黛玉看了不覺點頭想起有父母的好處來早又淚珠滿面少頃只見薛姨媽寳釵等也進去了忽見紫鵑從背後走來說道姑娘吃藥去罷開水又冷了黛玉道你到底要怎麽樣只是催我吃不吃與你什麽相干紫鵑笑道咳嗽的纔好了些又不吃藥了如今雖是五月裡天氣熱到底也還該小心些大清早起在這個潮地上站了半日也該回去歇歇了一句話提醒了黛玉方覺得有點兒腿酸呆了半日方慢慢的扶着紫鵑回到瀟湘館來一進院門只見滿地下竹影參差苔痕濃淡不覺又想起西廂記中所云幽僻處可有人行點蒼苔白露冷冷

二句來因暗暗的嘆道雙文雖然命薄尚有孀母弱弟今日我黛玉之薄命一併連孀母弱弟俱無想到這裡又欲滴下淚來不防廊下的鸚哥見黛玉來了嘎的一聲撲了下來倒嚇了一跳因說道你作死呢又搧了我一頭灰那鸚哥又飛上架去便叫雪雁快掀簾子姑娘來了黛玉便止住步以手扣架道添了食水不曾那鸚哥便長嘆一聲竟大似黛玉素日吁嗟音韻接著念道儂今葬花人笑痴他年葬儂知是誰黛玉紫鵑聽了都笑起來紫鵑笑道這都是素日姑娘念的難爲他怎麼記了黛玉便命將架摘下來另掛在月洞窗外的鈎上於是進了屋子在月洞窗內坐了吃畢藥只見窗外竹影映入紗窗滿屋內陰

陰翠潤几簟生凉黛玉無可釋悶便隔着紗窗調逗鸚哥做戲又將素日所喜的詩詞也教與他念這且不在話下且說寶釵來至家中只見母親正梳頭呢看見他進來便笑着說道你這麼早就梳上頭了寶釵道我瞧瞧媽媽身上好不好昨兒我去了不知他可又過來鬧了沒有一面說一面在他母親身旁坐下由不得哭將起來薛姨媽見他一哭自已掌不住也就哭了一場一面又勸他我的兒你別委屈了你等我處分那孽障你要有個好歹叫我指望那一個呢薛蟠在外聽見連忙的跑過來對著寶釵左一個揖右一個揖只說好妹妹恕我這次罷原是我昨兒吃了酒回來的晚了路上撞客着了來家沒醒不知

胡說了些什麽連自已也不知道怨不得你生氣寶釵原是掩面而哭聽如此說由不得也笑了遂抬頭向地下啐了一口說道你不用做這些像生兒了我知道你的心裡多嫌我們娘兒們你是變着法兒叫我們離了你就心淨了薛蟠聽說連忙笑道妹妹這從那裡說起妹妹從來不是這麽多心說歪話的人哪薛姨媽忙又接着道你只會聽你妹妹的歪話難道昨兒晚上你說的那些話就使得嗎當真是你發昏了薛蟠道媽媽也不必生氣妹妹也不用煩惱從今已後我再不和他們一塊兒喝酒了好不好寶釵笑道這纔明白過來了薛姨媽道你要有個橫勁那龍也下蛋了薛蟠道我要再和他們一處喝妹妹聽

見了只管啐我再叫我畜生不是人如何何苦來爲我一個人娘兒兩個天天兒操心媽媽爲我生氣還猶可要只管叫妹妹爲我操心我更不是人了如今父親沒了我不能多孝順媽媽多疼妹妹反叫娘母子生氣妹妹煩惱連個畜生不如了口裡說着眼睛裡掌不住掉下淚來薛姨媽本不哭了聽他一說又傷起心來寶釵勉强笑道你鬧彀了這會子又來招着媽媽哭了薛蟠聽說忙收淚笑道我何曾招媽媽哭來着罷罷罷扔下這個別提了叫香菱來倒茶妹妹喝寶釵道我也不喝茶等媽媽洗了手我們就進去了薛蟠道妹妹的項圈我瞧瞧只怕該炸一炸去了寶釵道黃澄澄的又炸他做什麽薛蟠又道妹妹

如今也該添補些衣裳了要什麼顏色花樣告訴我寶釵道連那些衣裳我還沒穿遍了又做什麼一時薛姨媽換了衣裳拉着寶釵進去薛蟠方出去了這裡薛姨媽和寶釵進園來看寶玉到了怡紅院中只見抱厦裡外廻廊上許多丫頭老婆站著便知賈母等都在這裡母女兩個進來大家見過了只見寶玉躺在榻上薛姨媽問他可好些寶玉忙欲欠身口裡答應著好些又說只管驚動姨娘姐姐我當不起薛姨媽忙扶他睡下又問他想什麼只管告訴我寶玉笑道我想起來自然和姨娘要去王夫人又問你想什麼吃回來好給你送來寶玉笑道也倒不想什麼吃倒是那一回做的那小荷葉兒小蓮蓬兒的湯還

好些鳳姐一旁笑道都聽聽口味倒不算高貴只是太磨牙了巴巴兒的想這個吃賈母便一疊連聲的叫做去鳳姐笑道老祖宗別急我想想這模子是誰收着呢因回頭吩咐個老婆問管厨房的去要那老婆去了半天來回話管厨房的說四付湯模子都繳上來了鳳姐聽說又想了一想道我也記得交上來了就只不記得交給誰了多半是在茶房裡又遣人去問管茶房的也不曾收次後還是管金銀器的送了來了薛姨媽先接過來瞧時原來是個小匣子裡面裝着四付銀模子都有一尺多長一寸見方上面鑿着豆子大小也有菊花的也有梅花的也有蓮蓬的也有菱角的共有三四十樣打的十分精巧因笑

向賈母王夫人道你們府上也都想絕了吃碗湯還有這些樣子要不說出來我見了這個也不認得是做什麽用的鳳姐兒也不等人說話便笑道姑媽不知道這是舊年備膳的時候兒他們想的法兒不知弄什麽麵印出來借點新荷葉的清香全仗着好湯我吃着究竟也没什麽意思誰家長吃他那一回呈樣做了一回他今兒怎麽想起來了說着接過來遞與個婦人吩咐厨房裡立刻拿幾隻雞另外添了東西做十碗湯來王夫人道要這些做什麽鳳姐笑道有個原故這一宗東西家常不大做今兒寶兄弟提起來了單做給他吃老太太姑媽太太都不吃似乎不大好不如就勢兒弄些大家吃吃托賴着連我也嘗個新兒賈母聽了笑道猴兒把你乖的拿着官中的錢做人情說的大家笑了鳳姐忙笑道這不相干這個小東道兒我還孝敬的起便回頭吩咐婦人說給厨房裡只管好生添補着做了在我賬上領銀子婆子答應着去了寶釵一旁笑道我來了這麽幾年留神看起來二嫂子憑他怎麽巧再巧不過老太太賈母聽說便答道我的兒我如今老了那裡還巧什麽當日我像鳳丫頭這麽大年紀比他還來得呢他如今雖說不如我也就算好了比你姨娘強遠了你姨娘可憐見的不大說話和木頭是的公婆跟前就不獻好兒鳳兒嘴乖怎麽怨得人疼他寶玉笑道要這麽說不大說話的就不疼了賈母道不大說話的

又有不大說話的可疼之處嘴乖的也有一宗可嫌的倒不如不說的好寶玉笑道這就是了我說大嫂子倒不大說話呢老太太也是和鳳姐姐一樣的疼要說單是會說話的可疼這些姐妹裡頭也只鳳姐姐和林妹妹可疼了賈母道提起姐妹不是我當著姨太太的面奉承千真萬真從我們家裡四個女孩兒算起都不如寶丫頭薛姨媽聽了忙笑道這話是老太太說偏了王夫人忙又笑道老太太時常背地裡和我說寶丫頭好這倒不是假話寶玉勾著賈母原為要讚黛玉不想反讚起寶釵來倒也意出望外便看着寶釵一笑寶釵早扭過頭去和襲人說話去了忽有人來請吃飯賈母方立起身來命寶玉好生

養着罷把丫頭們又囑咐了一回方扶著鳳姐兒讓着薛姨媽大家出房去了猶問湯好了不曾又問薛姨媽等想什麼吃只管告訴我我有本事叫鳳丫頭弄了來偺們吃薛姨媽笑道老太太也會慪他時常他弄了東西來孝敬究竟又吃不多兒鳳姐兒笑道姑媽倒別這麼說我們老祖宗只是嫌人肉酸要不嫌人肉酸早已把我還吃了呢一句話沒說了引的賈母眾人都哈哈的大笑起來寶玉在屋裡也掌不住笑了襲人笑道真真的二奶奶的嘴怕死人寶玉伸手拉着襲人笑道你站了這半日可乏了一面說一面拉他身旁坐下襲人笑道可是又忘了趁寶姑娘在院子裡你和他說煩他們鶯兒來打上幾根絛

子寶玉笑道虧了你提起來說着便仰頭向窗外道寶姐姐吃過飯叫鶯兒來煩他打幾根絛子可得閑兒寶釵聽見回頭道是了一會兒就叫他來賈母等尚未聽真都止步問寶釵何事寶釵說明了賈母便說道好孩子你叫他來替你兄弟打幾根罷你要人使我那裡閑的丫頭多着的呢你喜歡誰只管叫來使喚薛姨媽寶釵等都笑道只管叫他來做就是了有什麼使喚的去處他天天也是閑着淘氣大家說着往前正走忽見湘雲平兒香菱等在山石邊掐鳳仙花呢見了他們走來都迎上來了少頃出至園外王夫人恐賈母乏了便欲讓至上房內坐賈母也覺腳酸便點頭依允王夫人便命丫頭忙先去鋪設坐

位那時趙姨娘推病只有周姨娘與那老婆丫頭們忙著打簾子立靠背鋪褥子賈母扶着鳳姐兒進來與薛姨媽分賓主坐了寶釵湘雲坐在下面王夫人親自捧了茶來奉與賈母李宮裁捧與薛姨媽賈母向王夫人道讓他們小妯娌們伏侍罷你在那裡坐下好說話兒王夫人方向一張小杌子上坐下便吩咐鳳姐兒道老太太的飯放在這裡添了東西來鳳姐兒答應出去便命人去賈母那邊告訴那邊的老婆們忙往外傳了丫頭們忙都趕過來王夫人便命請姑娘們去請了半天只有探春惜春兩個來了迎春身上不耐煩不吃飯那黛玉是不消說十頓飯只好吃五頓眾人也不着意了少頃飯至眾人調放了

桌子鳳姐兒用手巾裹了一把牙筯站在地下笑道老祖宗和姨媽不用讓還聽我說就是了賈母笑向薛姨媽道我們就是這樣薛姨媽笑着應了於是鳳姐放下四雙筯上面兩雙是賈母薛姨媽兩邊是寶釵湘雲的王夫人李宮裁等都站在地下看着放菜鳳姐先忙着要干凈傢伙來替寶玉揀菜少頃蓮葉湯來了賈母看過了王夫人回頭見玉釧兒在那裡便命玉釧兒與寶玉送去鳳姐道他一個人難拿可巧鶯兒和同喜都來了寶釵知道他們已吃了飯便向鶯兒道寶二爺正叫你去打絛子你們兩個同去罷鶯兒答應着和玉釧兒出來鶯兒道這麼遠怪熱的那可怎麼端呢玉釧兒笑道你放心我自有道理

說著便命一個婆子來將湯飯等類放在一個捧盒裡命他端了跟著他兩個却空著手走一直到了怡紅院門口玉釧兒方接過來了同著鶯兒進入房中襲人麝月秋紋三個人正和寶玉頑笑呢見他兩個來了都忙起來笑道你們兩個來的怎麼碰巧一齊來了一面說一面接過來玉釧兒便向一張杌子上坐下鶯兒不敢坐襲人便忙端了個脚踏來鶯兒還不敢坐寶玉見鶯兒來了却倒十分歡喜見了玉釧兒便想起他姐姐金釧兒來了又是傷心又是慚愧便把鶯兒丢下且和玉釧兒說話襲人見把鶯兒不理恐鶯兒沒好意思的又見鶯兒不肯坐便拉了鶯兒出來到那邊屋裡去吃茶說話兒去了這裡麝月

等預備了碗筯來伺候吃飯寶玉只是不吃問玉釧兒道你母親身上好玉釧兒滿臉嬌嗔正眼也不看寶玉半日方說了一個好字寶玉便覺沒趣半日只得又陪笑問道誰叫你替我送來的玉釧兒道不過是奶奶太太們寶玉見他還是哭喪着臉便知他是爲金釧兒的原故待要虛心下氣哄他又見人多不好下氣的因而便尋方法將人都支出去然後又陪笑問長問短那玉釧兒先雖不欲理他只管見寶玉一些性氣也沒有憑他怎麽喪謗還是溫存和氣自已倒不好意思的了臉上方有三分喜色寶玉便笑央道好姐姐你把那湯端了來我嘗嘗玉釧兒道我從不會喂人東西等他們來了再喝寶玉笑道我不

是要你喂我我因爲走不動你遞給我喝了你好趕早回去交代了好吃飯去我只管躭悞了時候豈不餓壞了你你要懶怠動我少不得忍着疼下去取去說着便要下床扎掙起來禁不住噯喲之聲玉釧兒見他這般也忍不過起身說道躺下去罷那世裡造的孽這會子現世現報叫我那一個眼睛瞧的上一面說一面哧的一聲又笑了端過湯來寶玉笑道好姐姐你要生氣只管在這裡生罷見了老太太太太可和氣着些若還這樣你就要捱駡了玉釧兒道吃罷吃罷你不用和我甜嘴蜜舌的了我都知道啊說着催寶玉喝了兩口湯寶玉故意說不好吃玉釧兒撇嘴道阿彌陀佛這個還不好吃也不知什麽好吃

呢寶玉道一點味兒也沒有你不信嚐一嚐就知道了玉釧兒果真賭氣嚐了一嚐寶玉笑道這可好吃了玉釧兒聽說方解過他的意思來原是寶玉哄他喝一口便說道你旣說不喝這會子說好吃也不給你喝了寶玉只管陪笑央求要喝玉釧兒又不給他一面又叫人打發吃飯了頭方進來時忽有人來回話說傅二爺家的兩個嬤嬤來請安來見二爺寶玉聽說便知是通判傅試家的嬤嬤來了那傅試原是賈政的門生原來都賴賈家的名聲得意賈政也着實看待與別的門生不同他那裡常遣人來走動寶玉素昔最厭勇男蠢婦的今日却如何又命這兩個婆子進來其中原來有個緣故只因那寶玉聞得傅試有個妹子名喚傅秋芳也是個瓊閨秀玉常聽人說才貌俱全雖目未親覩然遐思遙愛之心十分誠敬不命他們進來恐薄了傅秋芳因此連忙命讓進來那傅試原是暴發的因傅秋芳有幾分姿色聰明過人那傅試安心仗着妹子要與豪門貴族結親不肯輕意許人所以躭悞到如今目今傅秋芳已二十三歲尚未許人怎奈那些豪門貴族又嫌他本是窮酸根基淺薄不肯求配那傅試與賈家親密也自有一段心事今日遣來的兩個婆子偏偏是極無知識的聞得寶玉要見進來只剛問了好說了沒兩句話那玉釧兒見生人來也不和寶玉厮鬬了手裡端着湯却只顧聽寶玉又只顧和婆子說話一面吃飯伸

手去要湯兩個人的眼睛都看著人不想伸猛了手便將碗撞翻將湯潑了寶玉手上玉釧兒倒不曾燙着唬了一跳忙笑道這是怎麼了慌的丫頭們忙上來接碗寶玉自己燙了手倒不覺的只管問玉釧兒燙了那裡了疼不疼玉釧兒和衆人都笑了玉釧兒道你自己燙了只管問我寶玉聽了方覺自己燙了衆人上來連忙收拾寶玉也不吃飯了洗手吃茶又和那兩個婆子說了兩句話然後兩個婆子告辭出去晴雯等送至橋邊方回那兩個婆子見沒人了一行走一行談論這一個笑道怪道有人說他們家的寶玉是相貌好裡頭糊塗中看不中吃果然竟有些獃氣他自己燙了手倒問別人疼不疼這可不是獃

了嗎那個又笑道我前一回來還聽見他家裡許多人說千真萬真有些獃氣大雨淋的水雞兒是的他反告訴別人下雨了快避雨去罷你說可笑不可笑時常沒人在跟前就自哭自笑的看見燕子就和燕子說話河裡看見了魚就和魚兒說話見了星星月亮他不是長吁短嘆的就是咕咕噥噥的且一點剛性兒也沒有連那些毛丫頭的氣都受到了愛惜起東西來連個線頭兒都是好的遭塌起來那怕值千值萬都不管了兩個人一面說一面走出園來回去不在話下且說襲人見人去了便攜了鶯兒過來問寶玉打什麼絛子寶玉笑向鶯兒道纔只顧說話就忘了你了煩你來不為別的替我打幾根絡子鶯兒

道裝什麽的絡子寳玉見問便笑道不管裝什麽的你都每樣
打幾個罷鶯兒拍手笑道這還了得要這樣十年也打不完了
寳玉笑道好姑娘你閑着也没事都替我打了罷襲人笑道那
裡一時都打的完如今先揀要緊的打幾個罷鶯兒道什麽要
緊不過是扇子香墜兒汗巾子寳玉道汗巾子就好鶯兒道汗
巾子是什麽顏色寳玉道大紅的鶯兒道大紅的須是黑絡子
纔好看或是石青的纔壓得住顏色寳玉道松花色配什麽鶯
兒道松花配桃紅寳玉笑道這纔姣艷再要雅淡之中帶些姣
艷鶯兒道葱緑柳黄可倒還雅致寳玉道也罷了也打一条桃
紅再打一条葱緑鶯兒道什麽花樣呢寳玉道也有幾樣花樣

鶯兒道一炷香朝天凳象眼塊方勝連環梅花柳葉寳玉道前
兒你替三姑娘打的那花樣是什麽鶯兒道是攢心梅花寳玉
道就是那樣好一面說一面襲人剛拿了綫来窗外婆子說姑
娘們的飯都有了寳玉道你們吃飯去快吃了来罷襲人笑道
有客在這裡我們怎麽好意思去呢鶯兒一面理線一面笑道
這打那裡說起正經快吃去罷襲人等聽說方去了只留下兩
個小丫頭呼喚寳玉一面看鶯兒打絡子一面說閑話因問他
十幾歲了鶯兒手裡打著一面答話十五歲了寳玉道你本姓
什麽鶯兒道姓黄寳玉笑道這個姓名倒對了果然是個黄鶯
兒鶯兒笑道我的名字本來是兩個字叫做金鶯姑娘嫌拗口

只单叫鶯兒如今就叫開了寶玉道寶姐姐也就算疼你了明兒寶姐姐出嫁少不得是你跟了去了鶯兒抿嘴一笑寶玉笑道我常常和你花大姐姐說明兒也不知那一個有造化的消受你們主兒兩個呢鶯兒笑道你還不知我們姑娘有幾樣世上的人沒有的好處呢模樣兒還在其次寶玉見鶯兒嬌腔婉轉語笑如痴早不勝其情了那堪更提起寶釵來便問道什麼好處你細細兒的告訴我聽鶯兒道我告訴你你可不許告訴他寶玉笑道這個自然正說着只聽見外頭說道怎麼這麼靜悄悄的二人回頭看時不是別人正是寶釵來了寶玉忙讓坐寶釵坐下因問鶯兒打什麼呢一面問一面向他手裡去瞧纔

打了半截兒寶釵笑道這有什麼趣兒倒不如打個絡子把玉絡上呢一句話提醒了寶玉便拍手笑道倒是姐姐說的是我就忘了只是配個什麼顏色纔好寶釵道用鴉色斷然使不得大紅又犯了色黃的又不起眼黑的太暗依我說竟把你的金線拿來配着黑珠兒線一根一根的拈上打成絡子那纔好看寶玉聽說喜之不盡一疊連聲就叫襲人來取金線正值襲人端了兩碗菜走進來告訴寶玉道今兒奇怪剛纔太太打發人給我送了兩碗菜來寶玉笑道必定是今兒菜多送給你們大家吃的襲人道不是說指名給我的還不叫過去磕頭這可是奇了寶釵笑道給你的你就吃去這有什麼猜疑的襲人道從

紅樓夢第三十六回

繡鴛鴦夢兆絳芸軒　識分定情悟梨香院

話說賈母自王夫人處回來見寶玉一日好似一日心中自是歡喜因怕將來賈政又叫他遂命人將賈政的親隨小廝頭兒喚來吩咐已後倘有會人待客諸樣的事你老爺要叫寶玉你不用上來傳話就回他說我說的一則打重了得着實將養幾個月纔走得二則他的星宿不利祭了星不見外人過了八月纔許出二門那小廝頭兒聽了領命而去賈母又命李嬤嬤襲人等來將此話說與寶玉使他放心那寶玉素日本就懶與士大夫諸男人接談又最厭峩冠禮服賀弔往還等事今日得了這句話越發得意了不但將親戚朋友一概杜絕了而且連家庭中晨昏定省一發都隨他的便了日日只在園中遊玩坐臥不過每日一清早到賈母王夫人處走走就回來了却每日甘心為諸丫頭充役倒也得十分消閒日月或如寶釵輩有時見機勸導反生起氣來只說好好的一個清淨潔白女子也學的吊名沽譽入了國賊祿鬼之流這總是前人無故生事立意造言原為引導後世的鬚眉濁物不想我生不幸亦且瓊閨繡閣中亦染此風真真有負天地鍾靈毓秀之德了眾人見他如此也都不向他說正經話了獨有黛玉自幼兒不曾勸他去立身揚名所以深敬黛玉閒言少述如今且說鳳姐自見金釧兒死

後忽見幾家僕人常來孝敬他些東西又不時的來請安奉承自已倒生了疑惑不知何意這日又見人來孝敬他東西因晚間無人時笑問平兒平兒冷笑道奶奶連這個都想不起來了我猜他們的女孩兒都必是太太屋裡的丫頭如今太太屋裡有四個大的一個月一兩銀子的分例下剩的都是一個月只幾百錢如今金釧兒死了必定他們要弄這一兩銀子的窩兒呢鳳姐聽了笑道是了是了倒是你想的不錯只是這起人也太不知足錢也賺彀了苦事情又攤不着他們弄個丫頭搪塞身子兒也就罷了又要想這個巧宗兒他們幾家的錢也不是容易花到我跟前的這可是他們自尋送什麽我就收什麽橫

竪我有主意鳳姐兒安下這個心所以只管就延着等那些人把東西送足了然後乘空方回王夫人這日午間薛姨媽寶釵黛玉等正在王夫人屋裡大家吃西瓜鳳姐兒得便回王夫人道自從玉釧兒的姐姐死了太太跟前少着一個人太太或看準了那個丫頭就吩咐了下月好發放月錢王夫人聽了想了一想道依我說什麽是例必定四個五個的彀使就罷了竟可以免了罷鳳姐笑道論理太太說的也是只是原是舊例別人屋裡還有兩個呢太太倒不按例了況且省下一兩銀子也有限的王夫人聽了又想了想道也罷這個分例只管關了來不用補人就把這一兩銀子給他妹妹玉釧兒罷他姐姐伏侍了

我一場沒個好結果剩下他妹妹跟着我吃個雙分兒也不爲過鳳姐答應着回頭望著玉釧兒笑道大喜大喜玉釧兒過來磕了頭王夫人又問道正要問你如今趙姨娘周姨娘的月例多少鳳姐道那是定例每人二兩趙姨娘有環兄弟的二兩共是四兩另外四串錢王夫人道月月可都按數給他們鳳姐兒問得奇忙道怎麽不按數給呢王夫人道前兒恍惚聽見有人抱怨說短了一串錢什麽緣故鳳姐忙笑道姨娘們的丫頭月例原是人各一吊錢從舊年他們外頭商量的姨娘們每位丫頭分例減半人各五百錢每位兩個丫頭所以短了一吊錢這事其實不在我手裡我倒樂得給他們呢只是外頭扣着這裡

我不過是接手兒怎麽來怎麽去由不得我做主我倒說了兩三回仍舊添上這兩分兒爲是他們說了只有這個數兒叫我也難再說了如今我手裡給他們每月連日子都不錯先時候兒在外頭關那個月不打饑荒何曾順順溜溜的得過一遭兒呢王夫人聽說就停了半晌又問老太太屋裡幾個一兩的鳳姐道八個如今只有七個那一個是襲人王夫人道這就是了你寶兄弟也並沒有一兩的丫頭襲人還算老太太房裡的人鳳姐笑道襲人還是老太太的人不過給了寶兄弟使他這一兩銀子還在老太太的丫頭分例上領如今說因爲襲人是寶玉的人裁了這一兩銀子斷乎使不得若說再添一個人給老

太太這個還可以裁他若不裁他須得環兒弟屋裡也添上一個纔公道均勻了就是晴雯麝月他們七個大丫頭每月人各月錢一吊佳蕙他們八個小丫頭們每月人各月錢五百還是老太太的話別人也惱不得氣不得呀薛姨媽笑道你們只聽鳳丫頭的嘴倒像倒了核桃車子是的賬也清楚理也公道鳳姐笑道姑媽難道我說錯了嗎薛姨媽笑道說的何嘗錯只是你慢着些兒說不省力些鳳姐纔要笑忙又忍住了聽王夫人示下王夫人想了半日向鳳姐道明兒挑一個丫頭送給老太太使喚補襲人把襲人的一分裁了把我每月的月例二十兩銀子裡拿出二兩銀子一吊錢來給襲人去巳後凡事有趙姨娘周姨娘的也有襲人的只是襲人的這一分都從我的分例上勻出來不必動官中的就是了鳳姐一一的答應了笑推薛姨媽道姑媽聽見了我素日說的話如何今兒果然應了薛姨媽道早就該這麼着那孩子模樣兒不用說只是他那行事兒的大方見人說話兒的和氣裡頭帶著剛硬要強倒實在難得的王夫人含淚說道你們那裡知道襲人那孩子的好處比我的寶玉還強十倍呢寶玉果然有造化能彀得他長長遠遠的伏侍一輩子也就罷了鳳姐道既這麼樣就開了臉明放他在屋裡不好王夫人道這不好一則年輕二則老爺也不許三則寶玉見襲人是他的丫頭總有放縱的事倒能聽他的勸如今

做了跟前人那襲人該勸的也不敢十分勸了如今且渾著等再過二三年再說說畢鳳姐見無話便轉身出來剛至廊簷下只見有幾個執事的媳婦子正等他回事呢見他出来都笑道奶奶今兒回什麽事說了這半天可别熱着罷鳳姐把袖子挽了幾挽跐着那角門的門檻子笑道這裡過堂風倒凉快吹一吹再走又告訴衆人道你們說我回了這半日的話太太把二百年的事都想起来問我難道我不說罷又冷笑道我從今以後倒要幹幾件刻薄事了怨抱給太太聽我也不怕糊塗油蒙了心爛了舌頭不得好死的下作娼婦們别做娘的春夢了明兒一裹腦子扣的日子還有呢如今裁了丫頭的錢就抱怨了咱們也不想想自已也配使三個丫頭一面罵一面方走了自去挑人回賈母話去不在話下却說薛姨媽等這裡吃畢西瓜又說了一回閒話兒各自散去寶釵與黛玉回至園中寶釵要約著黛玉往藕香榭去黛玉因說還要洗澡便各自散了寶釵獨自行来順路進了怡紅院意欲尋寶玉去說話兒以解午倦不想步入院中鴉雀無聞一並連兩隻仙鶴在芭蕉下都睡着了寶釵便順着游廊来至房中只見外間床上横三竪四都是丫頭們睡覺轉過十錦槅子来至寶玉的房内寶玉在床上睡着了襲人坐在身傍手裡做針線傍邊放着一柄白犀麈寶釵走近前来悄悄的笑道你也過於小心了這個屋裡還有蒼蠅

蚊子還拿蠅刷子赶什麽襲人不防猛擡頭見是寶釵忙放針
線起身悄悄笑道姑娘來了我倒不防唬了一跳姑娘不知道
雖然沒有蒼蠅蚊子誰知有一種小虫子從這紗眼裡鑽進來
人也看不見只睡着了咬一口就像螞蟻叮的寶釵道怨不得
這屋子後頭又近水又都是香花兒這屋子裡頭又香這種虫
子都是花心裡長的聞香就撲說着一面就瞧他手裡的針線
原來是個白綾紅裡的兜肚上面扎着鴛鴦戲蓮的花樣紅蓮
綠葉五色鴛鴦寶釵道噯喲好鮮亮活計這是誰的也值的費
這麽大工夫襲人向床上掀嘴兒寶釵笑道這麽大了還帶這
個襲人笑道他原是不帶所以特特的做的好了叫他看見由

不得不帶如今天熱睡覺都不留神哄他帶上了就是夜裡縱
蓋不嚴些兒也就罷了你說這一個就用了工夫還沒看見他
身上帶的那一個呢寶釵笑道也虧你奈煩襲人道今兒做的
工夫大了脖子低的怪酸的又笑道好姑娘你畧坐一坐我出
去走走就來說着就走了寶釵只顧看着活計便不留心一蹲
身剛剛的也坐在襲人方纔坐的那個所在因又見那個活計
實在可愛不由的拿起針來就替他作不想黛玉因遇見湘雲
約他來與襲人道喜二人來至院中見靜悄悄的湘雲便轉身
先到廂房裡去找襲人去了那黛玉却來至窗外隔着窗紗往
裡一看只見寶玉穿着銀紅紗衫子隨便睡着在床上寶釵坐

在身傍做針線傍邊放着蠅刷子黛玉見了這個景況早已呆了連忙把身子一躲半日又握着嘴笑却不敢笑出來便招手兒叫湘雲湘雲見他這般只當有什麽新聞忙也來看纔要笑忽然想起寳釵素日待他厚道便忙掩住口知道黛玉口裡不讓人怕他取笑便忙拉過他來道走罷我想起襲人來他說晌午要到池子裡去洗衣裳想必去了偺們找他去罷黛玉心下明白冷笑了兩聲只得隨他走了這裡寳釵只剛做了兩三個花瓣忽見寳玉在夢中喊駡說和尚道士的話如何信得什麽金玉姻緣我偏說木石姻緣寳釵聽了這話不覺怔了忽見襲人走進來笑道還沒醒呢嗎寳釵搖頭襲人又笑道我纔碰見

林姑娘史大姑娘他們進來了麽寳釵道沒見他們進來因向襲人笑道他們沒告訴你什麽襲人紅了臉笑道總不過是他們那些頑話有什麽正經說的寳釵笑道今兒他們說的可不是頑話我正要告訴你呢你又忙忙的出去了一句話未完只見鳳姐打發人來叫襲人寳釵笑道就是爲那話了襲人只得叫起兩個丫頭來同着寳釵出怡紅院自往鳳姐這裡來果然是告訴他這話又教他給王夫人磕頭且不必去見賈母倒把襲人說的甚覺不好意思及見過王夫人回來寳玉已醒問起原故襲人且含糊答應至夜間人靜襲人方告訴了寳玉喜不自禁又向他笑道我可看你回家去不去了那一回往家裡走

了一輛回來就說你哥哥要贖你又說在這裡沒着落終久算什麽說那些無情無義的生分話唬我從今我可看誰來敢叫你去襲人聽了冷笑道你倒別這麽說從此以後我是太太的人了我要走連你也不必告訴只回了太太就走寶玉笑道就筭我不好你回了太太去了叫別人聽見說我不好你去了你有什麽意思呢襲人笑道有什麽沒意思的難道下流人我也跟着罷再不然還有個死呢人活百歲橫豎要死這口氣沒了聽不見看不見就罷了寶玉聽見這話便忙握他的嘴說道罷罷你別說這些話了襲人深知寶玉性情古怪聽見奉承吉利話又厭虛而不實聽了這些近情的實話又生悲感也後悔自己冒撞連忙笑着用話截開只揀寶玉那素日喜歡的說些春風秋月粉淡脂紅然後又說到女兒如何好不覺又說到女兒死的上頭襲人忙掩住口寶玉聽至濃快處見他不說了便笑道人誰不死只要死的好那些鬚眉濁物只聽見文死諫武死戰這二死是大丈夫的名節便只管胡鬧起來那裡知道有昏君方有死諫之臣只顧他邀名猛拚一死將來置君父於何地必定有刀兵方有死戰他只顧圖汗馬之功猛拚一死將來棄國於何地襲人不等說完便道古時候兒這些人也因出于不得已他纔死啊寶玉道那武將要是疎謀少畧的他自已無能白送了性命這難道也是不得已麽那文官更不比武官了他

念兩句書記在心裡若朝廷少有瑕疵他就胡彈亂諫邀忠烈之名倘有不合濁氣一湧即時拚死這難道也是不得已要知道那朝廷是受命於天若非聖人那天也斷斷不把這萬幾重任交代可知那些死的都是沽名釣譽並不知君臣的大義比如我此時若果有造化趁著你們都在眼前我就死了再能彀你們哭我的眼淚流成大河把我的屍首漂起來送到那鴉雀不到的幽僻去處隨風化了自此再不托生爲人這就是我死的得時了襲人忽見說出這些瘋話來忙說困了不再答言那寶玉方合眼睡着次日也就丟開一日寶玉因各處游的膩煩便想起牡丹亭曲子來自己看了兩遍猶不愜懷因聞得梨香

院的十二個女孩兒中有個小旦齡官唱的最好因出了角門來找時只見葵官藕官都在院內見寶玉來了都笑迎讓坐寶玉因問齡官在那裡都告訴他說在他屋裡呢寶玉忙至他屋內只見齡官獨自躺在枕上見他進來動也不動寶玉身傍坐下因素昔與別的女孩子頑慣了的只當齡官也和別人一樣遂近前陪笑央他起來唱一套裊晴絲不想齡官見他坐下忙抬起身來躲避正色說道嗓子啞了前兒娘娘傳進我們去我還沒有唱呢寶玉見他坐正了再一細看原來就是那日薔薇花下畫薔字的那一個又見如此景況從來未經過這樣被人棄厭自己便訕訕的紅了臉只得出來了藕官等不解何故因

問其所以寶玉便告訴了他寶官笑說道只畧等一等薔二爺來了他叫唱是必唱的寶玉聽了心下納悶因問薔哥兒那裡去了寶官道纔出去了一定就是齡官兒要什麼他去變弄去了寶玉聽了以爲奇特少站片時果見賈薔從外頭來了手裡提着個雀兒籠子上面扎着小戲臺並一個雀兒興興頭頭往裡來找齡官見了寶玉只得站住寶玉問他是個什麼雀兒會薔笑道是個玉頂兒還會啣旗串戲寶玉道多少錢買的賈薔道一兩八錢銀子一面說一面讓寶玉坐自已往齡官屋裡來寶玉此刻把聽曲子的心都沒了且要看他和齡官是怎麼樣只見賈薔進去笑道你來瞧這個頑意兒齡官起身問是什麼

賈薔道買了個雀兒給你頑省了你天天兒發悶我先頑個你瞧瞧說着便拿些穀子哄的那個雀兒果然在那戲臺上啣着鬼臉兒和旗幟亂串衆女孩子都笑了獨齡官冷笑兩聲賭氣仍睡着去了賈薔還只管陪笑問他好不好齡官道你們家把好好兒的人弄了來關在這牢坑裡學這個還不算你這會子又弄個雀兒來也幹這個浪事你分明弄了來打趣形容我們還問好不好賈薔聽了不覺站起來連忙賭神起誓又道今兒我那裡的糊塗油蒙了心費一二兩銀子買他原說解悶兒就沒想到這上頭罷了放了生倒也免你的災說着果然將那雀兒放了一頓把將籠子拆了齡官還說那雀兒雖不如人他

也有個老雀兒在窩裡你拿了他來弄這個勞什子也忍得今
兒我咳嗽出兩口血來太太打發人來找你叫你請大夫來細
問問你且弄這個來取笑兒偏是我這沒人管沒人理的又偏
愛害病賈薔聽說連忙說道昨兒晚上我問了大夫他說不相
干吃兩劑藥後兒再瞧誰知今兒又吐了這會子就請他去說
著便要請去齡官又叫站住這會子大毒日頭地下你賭氣去
請了來我也不瞧賈薔聽如此說只得又站住寶玉見了這般
景况不覺痴了這纔領會過畫薔深意自巳站不住便抽身走
了賈薔一心都在齡官身上竟不曾理會倒是別的女孩子送
出來了那寶玉一心裁奪盤筭痴痴的回至怡紅院中正值黛

玉和襲人坐着說話兒呢寶玉一進來就和襲人長嘆說道我
昨兒晚上的話竟說錯了怪不得老爺說我是管窺蠡測昨夜
說你們的眼淚單葬我這就錯了看來我竟不能全得從此後
只好各人得各人的眼淚罷了襲人只道昨夜不過是些頑話
巳經忘了不想寶玉又提起來便笑道你可真真有些個瘋了
寶玉默默不對自此深悟人生情緣各有分定只是每每暗傷
不知將來葬我灑淚者為誰且說黛玉當下見寶玉如此形像
便知是又從那裡着了魔来也不便多問因說道我纔在舅母
跟前聽見說明兒是薛姨媽的生日叫我順便來問你出去不
出去你打發人前頭說一聲去寶玉道上回連大老爺的生日

我也沒去這會子我又去倘或碰見了人呢我一概都不去這麼怪熱的又穿衣裳我不去姨媽也未必惱襲人忙道這是什麼話他比不得大老爺這裡又住的近又是親戚你不去豈不叫他思量你怕熱就清早起來到那裡磕個頭吃鍾茶再來豈不好看寶玉尚未說話黛玉便先笑道你看著人家趕蚊子的分上也該去走走寶玉不解忙問怎麼趕蚊子襲人便將昨日睡覺無人作伴寶姑娘坐了一坐的話告訴寶玉寶玉聽了忙說不該我怎麼睡著了就褻瀆了他一面又說明日必去正說着忽見湘雲穿得齊齊整整的走來辭說家裡打發人來接他寶玉黛玉聽說忙站起來讓坐湘雲也不坐寶黛兩個只得送

他至前面那湘雲只是眼淚汪汪的見有他家的人在跟前又不敢十分委屈少時寶釵趕來愈覺繾綣難捨還是寶釵心內明白他家裡人若回去告訴了他嬸娘待他家去了又恐怕他受氣因此倒催着他走了衆人送至二門前寶玉還要往外送他倒是湘雲攔住了一時回身又叫寶玉到跟前悄悄的囑咐道就是老太太想不起我來你時常提着好等老太太打發人接我去寶玉連連答應了眼看著他上車去了大家方纔進來要知端底且看下回分解

紅樓夢第三十六回終